あの空、あお空

小西莉子

Riko Konishi

文芸社

青《あお》い空《そら》の下《した》

わたしは、空《そら》を飛《と》びたいの。お父《とう》さんが乗《の》っている飛行機《ひこうき》と同《おな》じ空《そら》を飛《と》びたいの。だから、カラスや小鳥《ことり》のような羽《はね》が欲《ほ》しいの。

でも、空《そら》を飛《と》んでいるのは飛行機《ひこうき》や羽《はね》のついたカラスや小鳥《ことり》だけじゃないのよ。

わたしは見《み》たの。空飛《そらと》ぶ大《おお》きなりんごを。

あのりんごの木《き》から、大《おお》きな真《ま》っ赤《か》なりんごが空《そら》の上《うえ》へ上《うえ》へと飛《と》んで行《い》ったの。これ本当《ほんとう》の事《こと》だよ！　でも誰《だれ》も信《しん》じてくれないの。

次《つぎ》の日《ひ》、わたしは勇気《ゆうき》を出《だ》して、その大《おお》きなりんごの木《き》の下《した》に行《い》ってみたの。でも、何《なに》も気配《けはい》がなくてシーンとしていたの。ただ大《おお》きなりんごの木《き》が力強《ちからづよ》く立《た》っているだけ。見上《みあ》げてみても、ただのりんごが木《き》にふつうになっているだけだったの。

わたしは、木《き》をユラユラとゆらしてみたの。

『ボトン…』

わたしの顔《かお》くらいある赤《あか》くてあまそうなりんごが落《お》ちてきたの。でも、あの時見《ときみ》た大《おお》きなりんごは落《お》ちてこないの。

今度《こんど》はもっと強《つよ》くゆらしてみたの。

『ボトン…』

またさっきと同《おな》じ大《おお》きさのりんごが落《お》ちてきたの。まだ、あの時見《ときみ》た大《おお》きなりんごは落《お》ちてこないの。

そして今度《こんど》は、もっともっと木《き》を強《つよ》くゆらしてみたの。

『……』

りんごは落《お》ちてこないの。

「んっ？」

『ガサガサ…』

何《なに》か木《き》の上《うえ》から物音《ものおと》がしてきたの。

木《き》を伝《つた》って、何《なに》か大《おお》きな生《い》き物《もの》が降《お》りてきたの。わたしはこわくなって、その場《ば》にしりもちをついてしまったの。

「ダレ？　キヲユラスノハ、アブナイヨ」

木《き》の上《うえ》から降《お》りてきたのは、髪《かみ》の毛《け》は長《なが》くてモジャモジャで、目《め》が大《おお》きくて鼻《はな》が高《たか》くて、ここら辺《へん》では見《み》た事《こと》がない顔《かお》の、黒《くろ》い服《ふく》を着《き》たおじさんだった。おじさんは、わたしに向《む》かって怒《おこ》っているように見《み》えたの。

「こ、こ、この木《き》に空飛《そらと》ぶ大《おお》きなりんごがなっているから、わたし、この木《き》をゆらゆらとゆらして、りんごを落《お》としてみたの」

おじさんの事《こと》がこわかったけど、正直《しょうじき》に話《はな》してみたら、

「ソラトブ、オオキナリンゴ？」

おじさんはそう言《い》うと、難《むずか》しい顔《かお》でわたしを見《み》たの。

「うん。だってわたし、見《み》たんだよ。この木《き》から大《おお》きな真《ま》っ赤《か》なりんごが空《そら》を飛《と》んで行《い》くのを！」

「オオ、イエス！　アハハハ」

そのおじさんは突然《とつぜん》、笑《わら》い出《だ》したの。

「ソレハ、リンゴジャナイ。〝フウセン〟ダヨ！」

「風船《ふうせん》？」

「ハイ。アカクテマルイ、ソラトブ、フウセンダヨ。ナカニクウキガハイッテルンダ」

「それ、食《た》べられないの？」

「アハハハ。タベタラ、カラダニドク」

「なんだ。赤《あか》くて丸《まる》いからりんごかと思《おも》ってたわ」

「フウセンハ、タカクタカク、トンデイクノデス。ドコマデモ……」

「じゃあ、遠《とお》い向《む》こうの国《くに》まで飛《と》んで行《い》く？」

おじさんはしばらく空《そら》を見上《みあ》げていて、それから真面目《まじめ》な顔《かお》でわたしを見《み》たの。

「キミハ、ナゼ、ムコウノクニマデ、イキタイノ？」

「お父《とう》さんが飛行機《ひこうき》に乗《の》って向《む》こうの国《くに》の空《そら》にいるの。お父《とう》さんに会《あ》いたいの。どうしてもお花《はな》と手紙《てがみ》を渡《わた》したいの」

「ソウデスカ。キミガトバセバ、キット、トドクトオモウ」

「えっ？　わたしが飛《と》ばせば？」

「ハイ！　ワタシモ、ムコウノクニニ、ムスメガイル。ワタシモ、フウセンニ、ネガイヲコメテ、ムコウノクニニ、トバシタ」

「届《とど》いたの？」

「イエス。ソウ、シンジテイル。キミモ、シンジルデショ？」

「うん。わたしも信《しん》じるよ！」

「イエス。ジャア、キミモ、オクッテミル？　オハナトテガミ？」

「うん。うん。わたしも送《おく》る。でも、わたしも風船《ふうせん》といっしょに空《そら》を飛《と》んでお父《とう》さんに届《とど》けに行《い》きたいの」

「ソレハ、デキナイ」

「なんで？」

「キミハ、フウセンヨリ、オモイカラ。ソレニアブナイ」

「重《おも》いと無理《むり》なの？」

「イエス。トベナイデス。キミモソラヲトブ。ソレ、スゴイ、ハッソウダネ。キミッテ、オモシロイネ。アハハハ」

「じゃあ、体重《たいじゅう》を軽《かる》くするもん」

「アハハハ」

「なんで笑《わら》うの？」

「ゴメンナサイ。カルクシテモ、ムリダヨ。キミハ、アリ、ハエ、ハナ、クサヨリモ、カルクハ、ナラナイカラダヨ」

「えっ？　そんなに軽《かる》くならなきゃ飛《と》べないの？」

「イエス。トベナイデス」

「そうか……。無理《むり》なの……。とっても残念《ざんねん》ね」

「デモ、フウセンハ、キミノ、オモイガツマッタ、キミノ、ココロニナル」

「へぇー。風船《ふうせん》は、わたしの心《こころ》なんだね」

「イエス。ソウデス」


それから、りんごの木《き》のおじさんは、わたしにお花《はな》の種《たね》を家《いえ》から持《も》ってくるように言《い》ったわ。急《いそ》いでお家《うち》にもどり、おもちゃの宝箱《たからばこ》を開《あ》けたの。その中《なか》にお父《とう》さんがわたしと妹《いもうと》にくれたお花《はな》の種《たね》があって、取《と》り合《あ》いのケンカにならないように種一《たねひと》つ一《ひと》つに印《しるし》をつけてくれたんだよ。わたしには星《ほし》の絵《え》。妹《いもうと》には太陽《たいよう》の絵《え》。その種《たね》をたくさん持《も》って、さっきのりんごの木《き》にもどったわ。

「オカエリ。ワタシニ、オハナノ、タネヲ、ワタシテ」

わたしは言《い》われた通《とお》り、おじさんに種《たね》を渡《わた》したの。そしたら、おじさんは、りんごの木《き》の近《ちか》くにある小《ちい》さな小屋《こや》に入《はい》って行《い》ったの。小屋《こや》の中《なか》からはプシュプシュ音《おと》が聞《き》こえてきたわ。

「おじさん、何《なに》をしてるのかな……」

しばらくしてから、おじさんは小屋《こや》から出《で》てきたの。

おじさんが出《で》てくると、とっさに上《うえ》を見《み》たわ。そう！　おじさんの頭《あたま》の上《うえ》に、あの時《とき》見《み》た、あの「大《おお》きな真《ま》っ赤《か》なりんご」が宙《ちゅう》にういていたの。

〝**風船**《ふうせん》〟……。手《て》には風船《ふうせん》の糸《いと》を持《も》っておじさんが言《い》ったわ。

「ハイ、コレガ、キミガミタ、ソラトブ、アカイリンゴノ、ショウタイデス。イマ、ワタシガ、フクラマセマシタ」

「うわー、すごい！　すごい！　これ、おじさんが作《つく》ったの。じゃあ、プシュプシュという音《おと》が、風船《ふうせん》をふくらませてる時《とき》の音《おと》だったのね」

「イエス。フウセンヲ、フクラマセテイルト、プシュプシュ、オトガシマス。ジャア、コノ、フウセンヲ、モッテミテ。コノ、イトヲ、シッカリモッテクダサイ」

わたしは、ドキドキしながら、風船《ふうせん》を持《も》ってみたの。おじさんが言《い》った通《とお》り軽《かる》いの。そして糸《いと》を放《はな》すと風船《ふうせん》は空《そら》の上《うえ》へ飛《と》んで行《い》きそうだったわ。

「マダ、テヲハナシテハ、ダメネ。コンドハ、フウセンヲ、フッテミテ」

『ガサガサ…』

「何《なに》かこの風船《ふうせん》の中《なか》に入《はい》っているみたいだよ」

「コレハ、キミガ、モッテキタ、ハナノタネデス。タネナラ、ハナハ、カレナイ」

「そうか。長《なが》い時間花《じかんはな》びらが開《ひら》いたまま空《そら》を飛《と》んでいるとお花《はな》は枯《か》れちゃうものね。種《たね》なら安心《あんしん》ね。すごい、すごい！」

「ツギニ、オテガミヲ、カキマショウ」

「うん、うん。早《はや》くお父《とう》さんへ手紙《てがみ》を書《か》きたいの」

「コレハ、ワタシノ、クニカラ、モッテキタ、クロイペンデス。コレデ、フウセンニ、テガミヲ、カキマショウ」

わたしは初《はじ》めて見《み》る黒《くろ》いペンで、丸《まる》くて軽《かる》い真《ま》っ赤《か》な風船《ふうせん》に手紙《てがみ》を書《か》いたの。

「コノジハ、キエナイ。ダカラ、シンパイ、シナイデ」

「すごい、すごい。おじさんは見《み》たことがない物《もの》をたくさん持《も》ってるのね。おじさんは魔法使《まほうつか》いみたいね」

「イヤ。ワタシハ、オンナジ、ニンゲンデス。ソレデハ、トバシマス。ジュンビハ、イイデスカ?」

「うん。うん。大丈夫《だいじょうぶ》だよ」

わたしの心臓《しんぞう》は、飛《と》び出《で》そうなほどドキドキしていたわ。そして、ついに風船《ふうせん》の糸《いと》を手《て》からパッと放《はな》してしまったの。風船《ふうせん》は向《む》こうの空《そら》に向《む》かって旅《たび》に出《で》たわ。

わたしが飛《と》ばした風船《ふうせん》は、高《たか》く高《たか》く飛《と》んで行《い》ったの。高《たか》く高《たか》く……。

段々《だんだん》わたしから離《はな》れて次第《しだい》に小《ちい》さくなって行《い》ったの。もっと高《たか》く高《たか》く……。

あの山《やま》のずっとずっと向《む》こうの空《そら》には何《なに》があるのかな?

あの空《そら》のずっとずっと上《うえ》には何《なに》があるのかな?

わたしは、青《あお》い空《そら》をずっとずっと見《み》ていたの。

青《あお》い空《そら》の中《なか》

一羽《いちわ》のさえない真《ま》っ黒《くろ》なカラスが飛《と》んでいた。仲間達《なかまたち》は群《む》れの中《なか》で規則正《きそくただ》しくキレイにそろって飛《と》んでいた。

さえないカラスは置《お》いてきぼりにされていた。みんなのように高《たか》く飛《と》べないから。みんなのように速《はや》く飛《と》べないから。

さえないカラスは、ついに仲間《なかま》のカラス達《たち》を見失《みうしな》ってしまった。自分《じぶん》はどこに行《い》くべきか、何《なん》のために空《そら》を飛《と》んでいるのか、どうでもよくなってしまった。そして、飛《と》ぶのを止《や》めて地上《ちじょう》に降《お》りようとしていた。

すると、真《ま》っ赤《か》な風船《ふうせん》が一《ひと》つ、さえないカラスの目《め》の前《まえ》にスーッと姿《すがた》を現《あらわ》した。

カラスはスーッとキレイに飛《と》んでいる風船《ふうせん》に対抗心《たいこうしん》が出《で》てきた。そして、風船《ふうせん》よりも高《たか》く速《はや》く飛《と》ぼうと必死《ひっし》になって風船《ふうせん》を追《お》いぬいた。ところが風船《ふうせん》は、すぐにカラスに追《お》いつき、あっという間《ま》にスーッとカラスをぬいて行《い》った。またまたカラスは、負《ま》けじと風船《ふうせん》を追《お》いぬいた。ずーっとこのくり返《かえ》し。

いつまでたっても風船《ふうせん》に追《お》いぬかれてしまうカラスは頭《あたま》にきて、風船《ふうせん》を割《わ》ってやろうとした。

じまんのクチバシで、風船《ふうせん》に近付《ちかづ》くも、タイミングが合《あ》わずにあと一歩《いっぽ》の所《ところ》で届《とど》かない。それでも、何度《なんど》も何度《なんど》も挑戦《ちょうせん》するが失敗《しっぱい》に終《お》わる。

カラスはつかれてきてしまい速《はや》く飛《と》べなくなってきた。風船《ふうせん》は徐々《じょじょ》にカラスよりも前《まえ》へ進《すす》んでいた。今《いま》のペースではもう、風船《ふうせん》には追《お》いつけないのは確《たし》かな事《こと》。

そんな時《とき》だった。カラスに味方《みかた》がついてくれた。風《かぜ》だ。気持《きも》ちの良《よ》い風《かぜ》だった。

風《かぜ》は、風船《ふうせん》の動《うご》きをくるわせていた。スーッとキレイに飛《と》んでいた風船《ふうせん》が突然《とつぜん》、風《かぜ》にグルグルと左右《さゆう》に回《まわ》されて、上手《うま》く上《うえ》に向《む》かって飛《と》べなくなっていた。

カラスはとてもラッキーだと思《おも》い、この間《あいだ》に風船《ふうせん》に近付《ちかづ》いた。徐々《じょじょ》に徐々《じょじょ》に。

「ヨシッ、今《いま》だ！」そう思《おも》い風船《ふうせん》に向《む》かってじまんのクチバシを向《む》けた。

が…風《かぜ》は強《つよ》すぎた。風船《ふうせん》はカラスのクチバシからそれて、風船《ふうせん》の下《した》の先《さき》っちょにしばりつけられていた糸《いと》が風《かぜ》によってカラスの羽《はね》にからみついてしまった。

でも、カラスはそれが原因《げんいん》で体《からだ》がすごく楽《らく》になったように感《かん》じた。

そう！　風船《ふうせん》はカラスの羽《はね》のお手伝《てつだ》いをしていた。バタバタと羽《はね》を力《ちから》いっぱい羽《は》ばたかせなくても、スーッと風船《ふうせん》が、高《たか》く高《たか》く速《はや》く速《はや》く、連《つ》れて行《い》ってくれるのだ。

気《き》づけば、さえないカラスはカラスの群《む》れを追《お》いぬいていた。

カラスの群《む》れは、さえないカラスが高《たか》く速《はや》く飛《と》んでいる姿《すがた》を羨《うらや》ましそうに見《み》ていた。

さえないカラスは、いつも自分《じぶん》の事《こと》を見《み》下《さ》げているカラス達《たち》を、この時《とき》ばかりは、はるかに高《たか》い位置《いち》から思《おも》いっきり見下《みさ》げてやった。

それがたまらなく気持《きも》ち良《よ》かった。

青《あお》い空《そら》の上《うえ》

「星《ほし》の使《つか》いよ、あの青《あお》くてキレイな星《ほし》は何《なん》ていう名前《なまえ》の星《ほし》なのだ？」

「ハイ。宇宙《うちゅう》の神様《かみさま》、あの星《ほし》の名前《なまえ》は〝地球《ちきゅう》〟と申《もう》します」

「〝地球《ちきゅう》〟というのか。他《ほか》の星《ほし》よりもキレイな輝《かがや》きがあるな。あの星《ほし》の青《あお》い部分《ぶぶん》は何《なん》なのだ？」

「ハイ。青《あお》の部分《ぶぶん》は水《みず》と空《そら》の色《いろ》です」

「では、あの星《ほし》は水《みず》と空《そら》だけの星《ほし》なのか？」

「いや、そうではありません。あの星《ほし》には他《ほか》の星《ほし》にはないモノがたくさんあるのです」

「一体《いったい》、何《なに》があると言《い》うのだ？」

「ハイ。あざやかな色《いろ》です」

「あざやかな色《いろ》とは何《なん》だ？」

「私《わたくし》も空《そら》の上《うえ》からしか見《み》た事《こと》がないので細《こま》かい事《こと》は分《わ》かりませんが、あの星《ほし》には水《みず》と空《そら》の青色《あおいろ》もありますが他《ほか》にも緑色《みどりいろ》があります。黄色《きいろ》も赤《あか》もオレンジも紫色《むらさきいろ》もあります。

どれも美《うつく》しいのです」

「そんなにたくさんの色《いろ》があるのか？」

「ハイ。私《わたくし》は地球《ちきゅう》の空《そら》を輝《かがや》かす星《ほし》でございます。今日《きょう》も時間《じかん》になれば空《そら》の上《うえ》から地球《ちきゅう》にキラキラと光《ひかり》を送《おく》ります。私《わたくし》はいつもそこで地球《ちきゅう》を見《み》ていますから」

「赤《あか》、青《あお》、黄色《きいろ》、緑《みどり》、オレンジ、紫色《むらさきいろ》、どれも素敵《すてき》な色《いろ》ばかりではないか。地球《ちきゅう》の空《そら》の下《した》は一体《いったい》どうなっているのか知《し》りたいものだな」

「ハイ。私《わたくし》も神様《かみさま》と同《おな》じでございます。美《うつく》しい色《いろ》の正体《しょうたい》を知《し》りたいのです」

宇宙《うちゅう》には神様《かみさま》がいる。宇宙《うちゅう》の神様《かみさま》は、果《は》てしない宇宙《うちゅう》の中《なか》で無数《むすう》の星達《ほしたち》を見守《みまも》っている偉大《いだい》な神様《かみさま》である。

宇宙《うちゅう》の神様《かみさま》は〝地球《ちきゅう》〟にすごく興味《きょうみ》を持《も》っていた。どの星《ほし》よりもあざやかな色《いろ》を放《はな》っているからだ。

青《あお》い空《そら》の下《した》

風船《ふうせん》は、一体《いったい》どこまで行《い》ってしまったのかな……。できれば、この空《そら》のずっとずっと向《む》こうのお父《とう》さんの所《ところ》まで届《とど》いてくれればいいのに。

わたしは、お父《とう》さんに風船《ふうせん》を送《おく》ったの。お父《とう》さんは今《いま》、日本《にほん》にはいない。ちがう国《くに》にいる。お父《とう》さんは、お国《くに》のために戦争《せんそう》に行《い》ったって、お母《かあ》さんが言《い》っていたの。わたしとお母《かあ》さんと妹《いもうと》を日本《にほん》に残《のこ》して、行《い》ってしまったの。

「必《かなら》ず元気《げんき》に帰《かえ》ってくるから！」と、言《い》ってわたしを強《つよ》くだきしめたの。その時《とき》、お父《とう》さんに言《い》ったわ。「お父《とう》さんはあの空《そら》のずっと向《む》こうの国《くに》に行《い》くんでしょ。だから、会《あ》いたい時《とき》は空《そら》の向《む》こうを見《み》ればお父《とう》さんに会《あ》えるんでしょ」って。

お父《とう》さんはこう言《い》ったわ。

「うん。そうだよ。お父《とう》さんはお空《そら》の上《うえ》にいるよ。でもね、お空《そら》の向《む》こうを見《み》てもお父《とう》さんの乗《の》った飛行機《ひこうき》は遠《とお》くて見《み》えないんだよ。だけど、お空《そら》には国《くに》の境目《さかいめ》なんてないのさ。つまり世界《せかい》は一《ひと》つの空《そら》でつながっているんだ。だから、しーちゃんとお父《とう》さんは同《おな》じ空《そら》の下《した》にいる事《こと》になるんだよ。お父《とう》さんもお空《そら》の上《うえ》にいる時《とき》はお空《そら》の下《した》を見《み》ているから。しーちゃんもお父《とう》さんに会《あ》いたい時《とき》はお空《そら》を見上《みあ》げててね」って。

「うん。わたし、いつも空《そら》を見上《みあ》げるよ」って答《こた》えたら、お父《とう》さんは、切《せつ》ない顔《かお》をしたの。そして、わたしをだき上《あ》げて、大好《だいす》きな肩車《かたぐるま》をしてくれたの。そして、お家《うち》のお花畑《はなばたけ》に連《つ》れて行《い》ってくれたの。

「そうだ！　しーちゃん、お父《とう》さんにお花《はな》の首《くび》かざりを作《つく》って。作《つく》るの得意《とくい》だよね」

「うん。いいよ！　何色《なにいろ》のお花《はな》がいいの？」

「赤《あか》、青《あお》、黄色《きいろ》、オレンジ、紫色《むらさきいろ》……。このお花畑《はなばたけ》にさいている全部《ぜんぶ》の色《いろ》のお花《はな》がいいな」

「お父《とう》さんは、欲張《よくば》りだね」

「せっかく、しーちゃんが作《つく》ってくれるんだ。全部《ぜんぶ》の色《いろ》を使《つか》わないともったいないよ。それにね、ちゃんと一《ひと》つ一《ひと》つのお花《はな》の色《いろ》には、意味《いみ》があるんだよ」

「へえー。じゃあ、お花《はな》ってただきいているだけじゃないんだね」

「ああ、そうさ。赤《あか》は愛情《あいじょう》、青《あお》は奇跡《きせき》、黄色《きいろ》は光《ひかり》、オレンジはきずな、紫色《むらさきいろ》は永遠《えいえん》の幸《しあわ》せ、緑《みどり》は希望《きぼう》、どれも必要《ひつよう》で大事《だいじ》なモノなんだよ」

「うん。うん。うん。どれも大事《だいじ》な事《こと》」

わたしは、一生懸命《いっしょうけんめい》お花《はな》の首《くび》かざりを作《つく》ってあげたの。今《いま》までで一番《いちばん》キレイにできたわ。

そして、でき上《あ》がった首《くび》かざりを家族《かぞく》みんなで、お父《とう》さんにつけてあげたの。なんだか切《せつ》なくて涙《なみだ》が出《で》てきて、お父《とう》さんもお母《かあ》さんも妹《いもうと》もわたしも、だき合《あ》って泣《な》いたの。

それから何日《なんにち》かして、お父《とう》さんはお花《はな》の首《くび》かざりをつけて、わたしと妹《いもうと》とお母《かあ》さんの前《まえ》から遠《とお》い向《む》こうの国《くに》へ旅立《たびだ》って行《い》ったの。

わたしはそれからいつも空《そら》を見上《みあ》げていたの。あの空《そら》のずっとずっと向《む》こうで、お父《とう》さんはわたしを見《み》ていてくれるって言《い》ったから。だからわたしもお父《とう》さんを見《み》ていたの。

あれから空《そら》はいつも静《しず》かだったの。真《ま》っ青《さお》でゆっくりとマイペースに雲《くも》が動《うご》くだけで、時々《ときどき》、鳥《とり》やカラスが空《そら》を飛《と》んでいるぐらいだったわ。わたしは、少《すこ》しお父《とう》さんの事《こと》が心配《しんぱい》になったの。

あの日以来《ひいらい》、お父《とう》さんからは、まだ何《なに》もれんらくがないって、お母《かあ》さんがそう言《い》った

の。だから、わたしがお父《とう》さんの所《ところ》に手紙《てがみ》を送《おく》ってあげたの。お父《とう》さんはお花《はな》が好《す》きだからお花《はな》の種《たね》もいっしょにつけてね。大空《おおぞら》を高《たか》く高《たか》く飛《と》んで行《い》く風船《ふうせん》でね、遠《とお》く離《はな》れたお父《とう》さんのいる国《くに》まで届《とど》くように。

青《あお》い空《そら》の中《なか》

さえないカラスは、生《う》まれて初《はじ》めて空《そら》の上《うえ》を長《なが》く長《なが》く飛《と》んでいた。飛《と》ぶ事《こと》がこんなにも気持《きも》ちの良《よ》い事《こと》だと、この時《とき》、生《う》まれて初《はじ》めて知《し》った気《き》がした。だから、どこまでもどこまでも風船《ふうせん》と共《とも》に空《そら》の旅《たび》をしていた。

気《き》が付《つ》けば、カラスはタカよりも高《たか》く飛《と》んでいた。そして高《たか》い山《やま》よりも高《たか》く高《たか》く飛《と》んでいた。

さえないカラスは、今《いま》までカラスの仲間達《なかまたち》や鳥達《とりたち》に散々《さんざん》バカにされてきた。羽《はね》がついているのに高《たか》く飛《と》べない、速《はや》くも飛《と》べない自分《じぶん》だったから。羽《はね》がついた生《い》き物《もの》である以《い》上《じょう》は、何《なに》よりも高《たか》く速《はや》く飛《と》びたいというのがカラスや鳥達《とりたち》のあこがれの姿《すがた》なのだ。

さえないカラスは、自分《じぶん》をここまで高《たか》い空《そら》に連《つ》れてきてくれた風船《ふうせん》に感謝《かんしゃ》した。

そして、空《そら》の上《うえ》の時間《じかん》を思《おも》いっきり楽《たの》しんだ。

こんなにも高《たか》い空《そら》から、町《まち》を見下《みお》ろす事《こと》はとても気持《きも》ちの良《よ》い事《こと》。だって、高《たか》いと色《いろ》んなモノが見《み》えるから。たくさんの発見《はっけん》があるからだ。

そして、カラスは高《たか》い高《たか》い空《そら》の上《うえ》からとんでもない光景《こうけい》を発見《はっけん》してしまった。向《む》こうの空《そら》がきたなくかすんでいた。白《しろ》くて黒《くろ》くてねずみ色《いろ》の空《そら》の色《いろ》。よく見《み》ると空《そら》の下《した》からモワモワと大量《たいりょう》のけむりが立《た》ちこめていた。この下《した》で大規模《だいきぼ》な火災《かさい》が発生《はっせい》しているのだろうか……。そのけむりが段々《だんだん》と広《ひろ》がり始《はじ》めているように感《かん》じた。

さえないカラスは急《きゅう》にこわくなった。あざやかな青《あお》い空《そら》が、心地《ここち》よい風《かぜ》が、それらが失《うしな》われてしまう恐怖《きょうふ》を。

そして、ここにいては危険《きけん》だと感《かん》じたカラスは風船《ふうせん》と共《とも》にもっともっと遠《とお》くへ飛《と》んで行《い》った。

青《あお》い空《そら》の上《うえ》

「それでは宇宙《うちゅう》の神様《かみさま》、私《わたくし》は時間《じかん》になりましたので地球《ちきゅう》の空《そら》をキラキラと照《て》らしに行《い》ってまいります」

「星《ほし》の使《つか》いよ、今日《きょう》もたのむぞ！」

「ハイ。お任《まか》せ下《くだ》さい」

星《ほし》の使《つか》いは、いつものように地球《ちきゅう》の空《そら》を照《て》らしていた。でも、今日《きょう》はすごく地球《ちきゅう》の空《そら》の上《うえ》の冒険《ぼうけん》をしたくなっていた。

なので今日《きょう》は、いつもとちがう空《そら》を回《まわ》ってみることにした。

「ここの緑《みどり》はさまざまな三角形《さんかっけい》が連《つら》なっている。一《ひと》つ一《ひと》つがあざやかでキレイだ」

「ここは、黄色《きいろ》がサラサラキラキラ輝《かがや》き、私《わたくし》の光《ひかり》で一層《いっそう》とキレイな所《ところ》だ」

「ここは赤《あか》とオレンジのグラデーションがあわくて、たまらなく美《うつく》しい」

星《ほし》の使《つか》いは、あざやかな色《いろ》とりどりの地球《ちきゅう》をますます素敵《すてき》な星《ほし》だと感《かん》じていた。

「次《つぎ》はあっちの空《そら》を目指《めざ》して行《い》ってみよう」

星《ほし》の使《つか》いは、地球《ちきゅう》の色探《いろさが》しに夢中《むちゅう》になっていた。

そして、ウキウキした気持《きも》ちで次《つぎ》の地球《ちきゅう》の空《そら》を目指《めざ》していた。すると、向《む》かっている空《そら》は何《なに》か今《いま》まで見《み》てきた色《いろ》とはちがった。

「何故《なぜ》、ここの地球《ちきゅう》の空《そら》はこんなにもよごれているのだろう?」

そこはあざやかな色《いろ》が何《なに》も見《み》えなかった。赤《あか》も青《あお》も黄色《きいろ》もオレンジも紫色《むらさきいろ》も緑《みどり》も何《なに》も。

「何故《なぜ》、ここは黒《くろ》くて白《しろ》くてねずみ色《いろ》なのだろう?」

星《ほし》の使《つか》いは、この空《そら》の下《した》の地球《ちきゅう》の様子《ようす》がすごく気《き》になった。

「宇宙《うちゅう》の神様《かみさま》、今日《きょう》も私《わたくし》は地球《ちきゅう》の空《そら》の下《した》を見《み》てまいりました」

「知《し》っておるぞ。今日《きょう》も地球《ちきゅう》の色《いろ》はキレイだったのだろう!」

「いや……それが……」

「何《なに》かあったのか?」

「はい。今日《きょう》私《わたくし》は、たくさんの地球《ちきゅう》の空《そら》の旅《たび》をしてきました」

「旅《たび》をしてきたのなら、色《いろ》んな地球《ちきゅう》の色《いろ》を見《み》る事《こと》ができて楽《たの》しいはずではないのか？星《ほし》の使《つか》い、オマエは何故《なぜ》、そんなに悲《かな》しい顔《かお》をしているのだ？」

「はい。今日《きょう》はたくさん地球《ちきゅう》の空《そら》の旅《たび》をしてきた分《ぶん》、たくさんの色《いろ》を見《み》てまいりました。そのほとんどはあざやかなキレイな色《いろ》でした。ですが、何処《どこ》の空《そら》の下《した》かは分《わ》かりませんが、あざやかな色《いろ》もなく、とてもよごれている所《ところ》があったのです」

「何《なに》っ⁉　よごれている？　あんなにキレイな地球《ちきゅう》であるはずなのに、一体《いったい》どうしたというのだ……。何《なに》か地球《ちきゅう》の下《した》でとんでもない事《こと》が起《お》きているのではないのか？」

「はい。私《わたくし》もそう思《おも》えてならないのです」

宇宙《うちゅう》の神様《かみさま》と星《ほし》の使《つか》いは、地球《ちきゅう》の事《こと》がすごく心配《しんぱい》になり、なんとかして守《まも》りたい気持《きも》ちになっていた。

青《あお》い空《そら》の下《した》

わたしの町《まち》の空《そら》の色《いろ》は、今日《きょう》もキレイな青色《あおいろ》だったの。天気《てんき》も良《よ》くて風《かぜ》も気持《きも》ち良《よ》かったから、お母《かあ》さんと妹《いもうと》のみーちゃんとこの町《まち》の風景《ふうけい》をスケッチしに出《で》かけることにしたの。

わたしは絵《え》を描《か》くのが大好《だいす》き。お家《うち》はそんなにぜいたくができないから、お絵《え》描《か》きする時《とき》は、いつも古《ふる》びたいらない紙《かみ》にエンピツかスミで絵《え》を描《か》いていた。白黒《しろくろ》の絵《え》ばかり。色《いろ》をぬりたいけど、びんぼうだからぬる絵《え》の具《ぐ》がないの。

今日《きょう》も古《ふる》びた紙《かみ》と木《き》のガバンといつも使《つか》っているエンピツや筆《ふで》を持《も》って、スケッチをする場所《ばしょ》へ向《む》かったの。

「お母《かあ》さん、わたしいつかね、お金持《かねも》ちになったら、たくさんの絵《え》の具《ぐ》を買《か》うの。それでね、こんな大《おお》きな紙《かみ》にめいっぱい空《そら》の青《あお》い色《いろ》をぬるの。それでね、色《いろ》とりどりのお花《はな》畑《ばたけ》を描《か》いてね、そこでチョウチョがお花《はな》のミツを吸《す》ってるの。わたしとみーちゃんとお母《かあ》さんとお父《とう》さんの四人《よにん》でお花畑《はなばたけ》の中《なか》にいるの。お花畑《はなばたけ》の周《まわ》りには緑《みどり》の木々《きぎ》が気持《きも》ちの良《よ》い風《かぜ》にゆれて、ゆらゆらおどっているの。みんなその場所《ばしょ》がとっても好《す》きで幸《しあわ》せなの。だからみんな笑顔《えがお》なの。空《そら》の上《うえ》からは、キラキラと黄色《きいろ》い太陽《たいよう》がわたし達《たち》とお花《はな》畑《ばたけ》を照《て》らしているの。こんなふうにたくさん描《か》いて色《いろ》をぬってみたいの。幸《しあわ》せな色《いろ》でしょ。だから、たくさんたくさん、絵《え》の具《ぐ》が欲《ほ》しいの」

「はいっ、しーちゃん。これあげる」

「あっ！　新《あたら》しい画用紙《がようし》だ」

お母《かあ》さんは、わたしには見《み》えないように大《おお》きくて真《ま》っ白《しろ》な画用紙《がようし》をガバンにはさんで持《も》っていたの。

「はいっ。それからもう一《ひと》つ、これもあげる」

お母《かあ》さんは満面《まんめん》の笑《え》みで風呂敷《ふろしき》で大事《だいじ》に包《つつ》まれている四角《しかく》い箱《はこ》を、手渡《てわた》してくれたの。

「何《なに》？　何《なに》？」

箱《はこ》をゆっくりと開《あ》けてみると、キレイで新《あたら》しい絵《え》の具《ぐ》が入《はい》っていたの。赤《あか》、青《あお》、黄色《きいろ》、白《しろ》、黒《くろ》の五色《ごしょく》。

「お母《かあ》さん、これどうしたの？　高《たか》かったでしょ。わたし、こんなにごうかな物《もの》をもらってもいいの？」

「いいに決《き》まってるでしょ。しーちゃんがずーっと欲《ほ》しがっていた物《もの》でしょ。今日《きょう》はこれを使《つか》いなさい。これで、めいっぱい絵《え》を描《か》いてね」

わたしは生《う》まれてから今日《きょう》まで、描《か》いた絵《え》に色《いろ》をぬった事《こと》が一度《いちど》もなかったの。

お母《かあ》さんは、ないしょで大《おお》きな画用紙《がようし》と絵《え》の具《ぐ》を買《か》ってくれていたの。

考《かんが》えてみれば、わたしはお母《かあ》さんに、大《おお》きな画用紙《がようし》と絵《え》の具《ぐ》が欲《ほ》しいって、おねだりばかりしていたから。

「お母《かあ》さん、本当《ほんとう》にありがと。わたし、これでこの町《まち》の風景《ふうけい》を、キレイに描《か》くね」

わたしは、生《う》まれて初《はじ》めて筆《ふで》に黒以外《くろいがい》の色《いろ》をつけた。初《はじ》めてつけた色《いろ》は青《あお》だった。

とにかくドキドキ、ワクワクしていた。

ついに紙《かみ》に黒以外《くろいがい》の色《いろ》がチョンとついた。

「お母《かあ》さん、すごいよ。この青《あお》、本当《ほんとう》に空《そら》の色《いろ》と同《おな》じ色《いろ》してるよ。すごい、すごい」

わたしはこの町《まち》の景色《けしき》を見《み》ながら色《いろ》をぬったの。景色《けしき》には絵《え》の具《ぐ》にはない五色以外《ごしょくいがい》の色《いろ》もあったの。

「あらっ、しーちゃん、何《なに》をなやんでいるの？」

「お母《かあ》さん、あのお花《はな》の色《いろ》がこの絵《え》の具《ぐ》の中《なか》にないの……」

それを聞《き》いたお母《かあ》さんは、赤《あか》い絵《え》の具《ぐ》と白《しろ》い絵《え》の具《ぐ》を同時《どうじ》に出《だ》して、その二色《にしょく》をよく混《ま》ぜ合《あ》わせたの。すると新《あたら》しい色《いろ》ができ上《あ》がったの。

「うわー、あのお花《はな》と同《おな》じ色《いろ》になったよ。お母《かあ》さんて、すごいね。まるで魔法使《まほうつか》いだね」

「しーちゃんだってこれくらい簡単《かんたん》にできるのよ。ない色《いろ》は他《ほか》の色《いろ》と混《ま》ぜてみればできるのよ」

ドキドキしながら、絵《え》の具《ぐ》にない色《いろ》を混《ま》ぜて作《つく》ってみたの。

「本当《ほんとう》だ、本当《ほんとう》だ。お母《かあ》さんの言《い》った通《とお》りだ」

見事《みごと》に色《いろ》んな色《いろ》がわたしの魔法《まほう》で生《う》まれたわ。この日《ひ》の絵《え》は今《いま》まで描《か》いた絵《え》の中《なか》で一《いち》番《ばん》キレイな絵《え》になろうとしていたの。

絵《え》には、お母《かあ》さんとみーちゃんの姿《すがた》、空《そら》を見上《みあ》げて絵《え》を描《か》く自分《じぶん》の姿《すがた》も描《か》いたの。そして、あのりんごの木《き》も空《そら》も。

そしたら、ものすごく、遠《とお》い国《くに》の空《そら》の上《うえ》にいるお父《とう》さんに絵《え》を見《み》せたくなって、近《ちか》くにある公園《こうえん》の展望台《てんぼうだい》に大事《だいじ》な絵《え》の具《ぐ》と描《か》きかけの画用紙《がようし》を持《も》って上《のぼ》って行《い》ったわ。まだぬり途中《とちゅう》だけどお父《とう》さんに届《とど》くように、描《か》いた絵《え》を両手《りょうて》でめいっぱいに空高《そらたか》く向《む》けて見《み》せてあげたの。

でも、やっぱり、この絵《え》の中《なか》にお父《とう》さんがいない事《こと》にすごくさびしさを感《かん》じたの。だからあとで、空《そら》の上《うえ》で飛行機《ひこうき》に乗《の》って笑《わら》っているお父《とう》さんの姿《すがた》も描《か》いたの。

わたしは、再《ふたた》びお父《とう》さんに届《とど》くようにと、家族四人《かぞくよにん》がこの町《まち》のキレイな景色《けしき》の中《なか》で幸《しあわ》せそうに笑《わら》っているあざやかな色《いろ》の絵《え》を高《たか》く高《たか》くかかげて空《そら》に向《む》かって見《み》せてあげたの。

「お父《とう》さん、わたしの絵《え》が届《とど》いてる？　お父《とう》さん、同《おな》じ空《そら》の下《した》からこの絵《え》を届《とど》けるね」

真《ま》っ青《さお》な空《そら》に向《む》かって、お父《とう》さんに届《とど》くようにお話《はなし》をしていたの。

「しーちゃん、そんな所《ところ》で何《なに》をしているの？　もう絵《え》はできたの？　おにぎりを食《た》べるから降《お》りてきなさい」

「まだ描《か》けてないよ。あとは赤《あか》いりんごの木《き》をぬるだけだよ。お母《かあ》さん、ここすごく見《み》晴《は》らしも良《よ》くて気持《きも》ちいいんだよ。みーちゃんといっしょに、こっちへおいでよ」

お母《かあ》さんは、みーちゃんを連《つ》れて展望台《てんぼうだい》の上《うえ》まで上《のぼ》ってきたの。

「本当《ほんとう》ね、いつも見《み》ている風景《ふうけい》だけど、ここから見《み》ると町全体《まちぜんたい》が見渡《みわた》せて、あの山《やま》もあの花《はな》もあの湖《みずうみ》もキレイね」

「でしょ。でしょ。お母《かあ》さん、もう一《ひと》つ、キレイっていうのを忘《わす》れてる所《ところ》があるよ」

わたしは、思《おも》いっきり空《そら》に向《む》かって指《ゆび》をさしたわ。

「お空《そら》も真《ま》っ青《さお》でキレイでしょ」

空《そら》を見上《みあ》げたお母《かあ》さんは、何故《なぜ》かわたしの問《と》いかけには答《こた》えてくれないの。空《そら》を見上《みあ》げたままだまっていたの。

「ねえ、お母《かあ》さんどうしたの？　なんで何《なに》も答《こた》えてくれないの？　ねえ、ねえってば」

「しーちゃん、お空《そら》は真《ま》っ青《さお》じゃないよ……」

わたしは、お母《かあ》さんが言《い》っている事《こと》が、うそだと思《おも》ったの。だって、今《いま》さっきわたしの見《み》ていた空《そら》は果《は》てしなくキレイな青色《あおいろ》だったから。

「お母《かあ》さん、何言《なにい》ってるの。ほらわたし達《たち》の真《ま》っ直《す》ぐ上《うえ》の空《そら》はどう見《み》たって青《あお》いでしょ」

でも、お母《かあ》さんの反応《はんのう》は変《か》わらなかったの。

お母《かあ》さんの顔《かお》をしっかり見《み》たの。そしたら見《み》ている空《そら》は真《ま》っ直《す》ぐ上《うえ》の空《そら》じゃなかったの。遠《とお》い山《やま》の向《む》こうの空《そら》の色《いろ》を見《み》ていたの。

わたしは、思《おも》わず大《おお》きな声《こえ》をあげてしまったわ。

「お母《かあ》さん、あの空《そら》の色《いろ》は何《なん》なの？」

山《やま》の向《む》こうの空《そら》は青《あお》くなかった。黒《くろ》くてねずみ色《いろ》で白《しろ》かった。

「しーちゃん、あれはね、戦争《せんそう》の色《いろ》だよ……」

わたしはお母《かあ》さんの言葉《ことば》が、またしてもうそだと思《おも》ったの。でも、本当《ほんとう》の事《こと》……。

そして、その空《そら》の色《いろ》を見《み》た直後《ちょくご》、町中《まちじゅう》に空襲警報《くうしゅうけいほう》が鳴《な》りひびいたの。

「しーちゃん、にげるよ！」

わたしは、もう一度《いちど》山《やま》の向《む》こうの空《そら》を見《み》たの。空《そら》の色《いろ》は段々《だんだん》と青《あお》い部分《ぶぶん》が少《すく》なくなっていたの。

空《そら》の中《なか》

カラスは、はるか遠《とお》くまで風船《ふうせん》と共《とも》に飛《と》んでいた。そこが一体《いったい》どこなのかも分《わ》からなかった。よごれた空《そら》の色《いろ》を目《め》にして恐怖《きょうふ》のあまりに必死《ひっし》でにげてきたから。

でも、よごれた色《いろ》は広《ひろ》がる一方《いっぽう》だった。

空《そら》の下《した》では「ドーン、ドッカーン、ドーン、ドッカーン……」と色《いろ》んな建物《たてもの》が破壊《はかい》されていく音《おと》がひっきりなしに聞《き》こえ続《つづ》けていた。全然途切《ぜんぜんとぎ》れる事《こと》がなかった。

カラスは、この音《おと》を聞《き》く度《たび》に自分《じぶん》の家族《かぞく》や友達《ともだち》の事《こと》を案《あん》じていた。

とにかく安全《あんぜん》な空《そら》の上《うえ》を目指《めざ》して、風船《ふうせん》を必死《ひっし》にコントロールしていた。でも、よごれた空《そら》の色《いろ》は徐々《じょじょ》に徐々《じょじょ》にカラスの飛《と》んでいる空《そら》にまでせまっていた。

少《すこ》し息苦《いきぐる》しくなってきた。それは、空《そら》の下《した》から上《あ》がってきたけむりだった。けむりはカラスの飛《と》んでいる所《ところ》まで勢《いきお》いよくおそいかかってきていた。

そして、向《む》こうの空《そら》からは、とてつもなくうるさいプロペラの音《おと》が聞《き》こえてきた。

そう！　一体何機《いったいなんき》あるか分《わ》からないが、飛行機《ひこうき》の大軍《たいぐん》だった。

カラスは、かなりあわてていた。今《いま》、こっちに向《む》かってきている飛行機《ひこうき》は、おそらく空《そら》の下《した》に爆弾《ばくだん》を落《お》としていた飛行機《ひこうき》なのだろう。はたまた自爆《じばく》する飛行機《ひこうき》なのだろうか。カラスは、飛行機《ひこうき》の音《おと》が大《おお》きくなる度《たび》にふるえが強《つよ》くなっていた。ついについに、飛行機《ひこうき》の大軍《たいぐん》はカラスが飛《と》んでいる所《ところ》までやってきた。カラスは覚悟《かくご》していた。自分《じぶん》がこの飛行機《ひこうき》の大軍《たいぐん》によって殺《ころ》されてしまうことを。カラスは必死《ひっし》ににげる事《こと》をあきらめた。飛行機《ひこうき》の大軍《たいぐん》が、風船《ふうせん》とカラスの頭上《ずじょう》をはげしい音《おと》を立《た》てながら勢《いきお》いよく通《とお》り過《す》ぎていた。何機《なんき》も何機《なんき》もとめどなく。でも、飛行機《ひこうき》はカラスをおそう事《こと》はなかった。風船《ふうせん》とカラスの頭上《ずじょう》を通《とお》りこすと、そのまま空《そら》の下《した》を目指《めざ》して空《そら》の上《うえ》から下《した》へ下《した》へとものすごい勢《いきお》いで落《お》ちて行《い》ったのだった。そして、耳《みみ》を突《つ》き刺《さ》すような爆発《ばくはつ》の音《おと》。飛行機《ひこうき》は自爆《じばく》したように思《おも》えた。カラスは恐怖《きょうふ》のあまりにふるえていたが、自分《じぶん》の命《いのち》が助《たす》かった事《こと》に深《ふか》くホッとしていた。

その時《とき》、大軍《たいぐん》の飛行機《ひこうき》の中《なか》、最後《さいご》の一機《いっき》が何故《なぜ》かカラスの頭上《ずじょう》を通《とお》らずに、カラスの真横《まよこ》を飛《と》んでいた。

カラスは、真横《まよこ》を飛《と》んでいる飛行機《ひこうき》の中《なか》を恐《おそ》る恐《おそ》るのぞいてみた。そこには、カラスに向《む》かって微笑《ほほえ》んでいる男性《だんせい》の姿《すがた》があった。

男性《だんせい》は、何《なに》やら押《お》し花《ばな》のような色《いろ》とりどりの花《はな》の首《くび》かざりをしていた。そして、カラスに向《む》かって『行《い》ってきます』と手《て》で合図《あいず》をし、笑顔《えがお》でカラスの横《よこ》を通《とお》りこして、下《した》へ下《した》へ、空《そら》の下《した》へと降《お》りて行《い》った。

カラスは、その男性《だんせい》が自分《じぶん》に何《なに》かを一生懸命《いっしょうけんめい》に伝《つた》えていることを痛《いた》いくらいに感《かん》じていた。自分《じぶん》に向《む》けられた笑顔《えがお》があまりにも無理《むり》しているようで、切《せつ》なかった。

その男性《だんせい》が乗《の》った飛行機《ひこうき》が地上《ちじょう》にだいぶ近《ちか》づいたその時《とき》。

「ドーン、ドッカーン……」と、大《おお》きな爆発《ばくはつ》の音《おと》がした。

カラスはその音《おと》を聞《き》くと、涙《なみだ》がどっと出《で》てきた。急《きゅう》に自分《じぶん》の父《ちち》、母《はは》、兄弟《きょうだい》、友達《ともだち》の事《こと》を思《おも》い出《だ》し、みんなを案《あん》じたから。

爆発《ばくはつ》の音《おと》はひどくひびき、全然《ぜんぜん》、途絶《とだ》える事《こと》がなかった。けむりもすごかった。

カラスは爆発《ばくはつ》する音《おと》を聞《き》く度《たび》に泣《な》いていた。それでも止《と》まる事《こと》なく先《さき》へ向《む》かっていた。

息苦《いきぐる》しく視界《しかい》も悪《わる》い。そんなよごれた色《いろ》の空《そら》はしばらく続《つづ》いていた。

そして、よごれた空《そら》の上《うえ》からようやく青《あお》い健康《けんこう》な空《そら》の上《うえ》まで飛《と》んでくる事《こと》ができた。

カラスはあの町《まち》の空《そら》からずっとずっと長《なが》い時間《じかん》、空《そら》の上《うえ》を飛《と》んでいたので、段々《だんだん》と地上《ちじょう》が恋《こい》しくなり始《はじ》めてきた。

もう何日《なんにち》も飛《と》び続《つづ》けていて、当然《とうぜん》、お腹《なか》も空《す》いていた。エサを食《た》べようとも周《まわ》りは果《は》てしなく広《ひろ》い空《そら》、空《そら》、空《そら》だった。

体《からだ》も思《おも》うように動《うご》かせなかった。風船《ふうせん》の糸《いと》がうまい具合《ぐあい》にカラスの羽《はね》にからみついていて、飛《と》ぶ体勢《たいせい》でしかいられなかった。

「このまま、自分《じぶん》はどこに飛《と》んで行《い》ってしまうのだろう……」

カラスは急《きゅう》に不安《ふあん》な気持《きも》ちになってきて、ただただ無事《ぶじ》をいのりながら、どうしようもなくなってしまった自分《じぶん》の体《からだ》を風船《ふうせん》に委《ゆだ》ねていた。

やがて、空《そら》から太陽《たいよう》が姿《すがた》を消《け》し、キレイな月《つき》とキレイな星達《ほしたち》がカラスの頭上《ずじょう》をキラキラと照《て》らし始《はじ》めた。もう何度目《なんどめ》の夜《よる》をむかえるのだろうか……。

月《つき》も星《ほし》もカラスが羽《はね》をのばせばすぐ届《とど》きそうな感《かん》じがした。

でも、はるかに遠《とお》い空《そら》の上《うえ》の上《うえ》。

カラスは自分《じぶん》が飛《と》んでいる空《そら》よりも、もっともっと高《たか》い空《そら》の上《うえ》を見上《みあ》げてみた。

「今日《きょう》も、お星様《ほしさま》はキラキラしていてキレイだな。このお星様《ほしさま》のいる空《そら》の上《うえ》には、一体《いったい》何《なに》があるのだろうか?」

そう考《かんが》えたら、もっともっと空《そら》の上《うえ》に行《い》きたい気持《きも》ちが出《で》てきた。

空《そら》の上《うえ》

「星《ほし》の使《つか》いよ、見《み》てみろ！　地球《ちきゅう》の色《いろ》が黒《くろ》とねずみ色《いろ》によって段々《だんだん》とかすんできているぞ！」

「ハイ。地球《ちきゅう》の空《そら》の上《うえ》に行《い》かなくても、この場所《ばしょ》からでも色《いろ》がきたないと分《わ》かってしまうなんて、地球《ちきゅう》は今《いま》、そうとう弱《よわ》っています。早《はや》くこの事態《じたい》を食《く》い止《と》めないと大変《たいへん》な事《こと》になってしまいます。他《ほか》の星《ほし》のように無《む》の星《ほし》になってしまいます」

「それはそうだが、何《なに》が原因《げんいん》でこの様《よう》な事態《じたい》になっているのか分《わ》からなければ、どうにもならないぞ！」

「ハイ……」

星《ほし》の使《つか》いは、原因《げんいん》を突《つ》き止《と》めるために、何《なに》をどうしていいのか分《わ》からなかった。自分《じぶん》は星《ほし》だから、地球《ちきゅう》の空《そら》よりも下《した》に行《い》く事《こと》ができない。もし、地球《ちきゅう》の下《した》に落《お》ちてしまったら、このまま粉々《こなごな》に割《わ》れて死《し》んでしまうのだ。

そうこうなやんでいるうちにも、あざやかな青《あお》い地球《ちきゅう》に、どんどんくすみが広《ひろ》がり始《はじ》めて、青《あお》さが死《し》んできていた。

星《ほし》の使《つか》いは、どうしようもできない自分《じぶん》を責《せ》めながら、この日《ひ》も、いつものように地《ち》球《きゅう》の空《そら》の下《した》を規則正《きそくただ》しく照《て》らしていた。

やはり、地球《ちきゅう》の空《そら》はあざやかな色《いろ》がうばわれていた。自分《じぶん》がどんなにキラキラと地球《ちきゅう》を照《て》らしてもよごれた色《いろ》は元《もと》にもどる事《こと》はなかった。

それでも、星《ほし》の使《つか》いは地球《ちきゅう》の空《そら》の下《した》が暗《くら》いのではないかと心配《しんぱい》をして、いつもより、一層《いっそう》キラキラと輝《かがや》いて明《あか》るくした。でも、何《なに》も見《み》えない。何《なに》も……。

すると突然《とつぜん》、何《なに》か何《なに》か、何《なに》かとってもとっても小《ちい》さい何者《なにもの》かが、星《ほし》の使《つか》いの目《め》に入《はい》ってきた気《き》がした。

「んっ？　あれは何《なん》だ。んっ？　生《い》き物《もの》か？」

地球《ちきゅう》の空《そら》の上《うえ》で、自分《じぶん》と同《おな》じ星達以外《ほしたちいがい》のモノは一度《いちど》も見《み》た事《こと》がなかった。

星《ほし》の使《つか》いは、その得体《えたい》の知《し》れない謎《なぞ》の何《なに》かを、光《ひかり》の力《ちから》で宇宙《うちゅう》まで連《つ》れてきた。

「宇宙《うちゅう》の神様《かみさま》、地球《ちきゅう》の空《そら》の上《うえ》から不思議《ふしぎ》なモノを連《つ》れてきました」

「不思議《ふしぎ》なモノ？　黒《くろ》い羽《はね》がついていて、赤《あか》い丸《まる》いモノを上《うえ》につけて、いったいこれは何《なん》なのだ？」

「私《わたくし》にも分《わ》かりません。でも、もしかしたら、これは地球《ちきゅう》の下《した》から来《き》たモノかもしれません」

星《ほし》の使《つか》いが光《ひかり》の力《ちから》で、宇宙《うちゅう》まで連《つ》れてきたモノは、なんと風船《ふうせん》と共《とも》にあてのない空《そら》の旅《たび》をしていた、あのさえないカラスだった。

「なんか、このモノ、動《うご》いているぞ。羽《はね》を一生懸命《いっしょうけんめい》にパタパタと動《うご》かしているぞ。そして〝カーカー〟と、声《こえ》を出《だ》しているではないか」

「となると、このモノは生《い》き物《もの》ですね」

「生《い》き物《もの》？」

「はい。宇宙《うちゅう》には宇宙人《うちゅうじん》という生《い》き物《もの》がいるではないですか。それと同《おな》じような生《い》き物《もの》が地球《ちきゅう》の下《した》にもいるという事《こと》です」

「えっ⁉　それは新発見《しんはっけん》ではないか！」

「はい。ですから、もしこのモノが本当《ほんとう》に地球《ちきゅう》の下《した》から来《き》たとすれば、今《いま》、地球《ちきゅう》で何《なに》が起《お》きているのか教《おし》えてくれるかもしれないですよ。何故《なぜ》、地球《ちきゅう》の色《いろ》がよごれているのかを」

さえないカラスは、行《い》きたがっていた空《そら》の上《うえ》の上《うえ》のもっともっと上《うえ》の未知《みち》の世界《せかい》である「宇宙《うちゅう》」に来《き》ている事《こと》に気付《きづ》いた。そこには、キラキラ光《ひか》り輝《かがや》く星《ほし》やたくさんの見《み》た事《こと》がない星《ほし》があった。宇宙《うちゅう》を見渡《みわた》すとやはりすぐ目《め》に入《はい》ってきたのは地球《ちきゅう》だった。ひときわ青《あお》くどの星《ほし》よりも目立《めだ》っていた。だが残念《ざんねん》な事《こと》に、カラスの目《め》からも地球《ちきゅう》のあざやかな青《あお》が段々《だんだん》と消《き》えかけてきているのが分《わ》かった。

そして、宇宙《うちゅう》の神様《かみさま》はカラスに問《と》いただしたのだ。

「オマエは、あの青《あお》い地球《ちきゅう》の下《した》からやってきたのか？」

さえないカラスは、神様《かみさま》の問《と》いかけに「はい」と返事《へんじ》をした。

「オマエの名前《なまえ》は何《なん》というのだ？」

「カラスといいます」

「今《いま》、オマエがやってきた地球《ちきゅう》はあざやかな青色《あおいろ》が段々《だんだん》と消《き》えかけている。ここから見《み》ても地球《ちきゅう》のよごれ方《かた》は分《わ》かるくらいだ。一体《いったい》、地球《ちきゅう》の空《そら》の下《した》では何《なに》が起《お》こっているというのだ？」

カラスは、空《そら》から見《み》てきた戦争《せんそう》の事《こと》を話《はな》し始《はじ》めた。

「僕《ぼく》が住《す》む地球《ちきゅう》の空《そら》の下《した》では、大変《たいへん》な事《こと》が起《お》こっております」

「大変《たいへん》な事《こと》とは何《なに》か？」

「自然《しぜん》が爆弾《ばくだん》によって破壊《はかい》されております。キレイな色《いろ》とりどりの花《はな》も緑《みどり》の草《くさ》や木々《きぎ》も、それに海《うみ》も湖《みずうみ》も川《かわ》も山《やま》もです。一番悲《いちばんかな》しいのは、生《い》き物《もの》の死《し》でございます。僕《ぼく》の家族《かぞく》や仲間達《なかまたち》、地球《ちきゅう》に住《す》む生《い》き物達《ものたち》は、戦争《せんそう》によってたくさん死《し》んだかもしれません」

星《ほし》の使《つか》いは思《おも》わず口《くち》をはさんだ。

「何《なん》て事《こと》ですか。それは悲《かな》しい事《こと》ですね。やはり、地球《ちきゅう》には生《い》き物《もの》がいるのですね。では、その〝戦争《せんそう》〟とは、どのようなモノが起《お》こしているのですか？」

「それは、人間《にんげん》という生《い》き物《もの》です。人間達《にんげんたち》は、たくさんの者《もの》を殺《ころ》す武器《ぶき》を自分達《じぶんたち》で作《つく》りました。そしてそれによって、たくさんの生《い》き物《もの》が死《し》んでいます。罪《つみ》もない僕《ぼく》ら動物達《どうぶつたち》にもその影響《えいきょう》は大《おお》きく、甚大《じんだい》な被害《ひがい》にあっております。他《ほか》にもたくさんの色《いろ》を持《も》つ自《し》然《ぜん》を壊《こわ》して、町《まち》を破壊《はかい》しています。いま、地球《ちきゅう》はその戦争《せんそう》によってどんどん破壊《はかい》されているのです。町中焼《まちじゅうや》かれてけむりが上《あ》がり焼《や》けこげた草《くさ》や木々《きぎ》や建物《たてもの》が散乱《さんらん》していますｌ。そして赤《あか》い血《ち》が至《いた》る所《ところ》で流《なが》れているのです。その血《ち》の赤色《あかいろ》はキレイではありません。悲《かな》しい色《いろ》なのです。どうか助《たす》けて下《くだ》さい」

「何《なん》て事《こと》だ。これはあってはならない事《こと》だ。自然《しぜん》も破壊《はかい》され生《い》き物《もの》も死《し》んでしまうなんて、こんな悲《かな》しい事《こと》はないな」

「宇宙《うちゅう》の神様《かみさま》、見《み》て下《くだ》さい。もう地球《ちきゅう》の半分以上《はんぶんいじょう》が色《いろ》を失《うしな》ってよごれてきています。早《はや》くなんとかしなければ……」

するど、宇宙《うちゅう》の神様《かみさま》はカラスの羽《はね》にからまって宙《ちゅう》にういている赤《あか》い風船《ふうせん》を指《ゆび》さした。

「オマエの頭上《ずじょう》にあるこの赤《あか》い丸《まる》いモノは一体《いったい》なんなのだ？」

「これは風船《ふうせん》といいます。空高《そらたか》く飛《と》ぶものです。僕《ぼく》はこの風船《ふうせん》の糸《いと》が羽《はね》にからまってしまったのが原因《げんいん》で、空《そら》の高《たか》い所《ところ》まで連《つ》れてこられました。もし、この事《こと》がなければ、この宇宙《うちゅう》という世界《せかい》も見《み》られなかっただろうし、もしかしたら、地球《ちきゅう》の空《そら》の下《した》に落《お》ちた爆弾《ばくだん》によって今頃《いまごろ》、僕《ぼく》は死《し》んでいたのかもしれません。だから、この風船《ふうせん》には命《いのち》を救《すく》われた想《おも》いもありますし、知《し》らない世界《せかい》を見《み》せてくれた事《こと》に感謝《かんしゃ》をしております」

「この風船《ふうせん》に、何《なに》か文字《もじ》が書《か》いてあるが、何《なん》て読《よ》むのだ?」

そこには、小《ちい》さい子供《こども》の字《じ》で〝たねをまいて、さいたお花《はな》で、にじを作《つく》ってね。同《おな》じ空《そら》の下《した》にも同《おな》じにじ色《いろ》のお花《はな》がさいてるから。しず子《こ》〟と書《か》いてあった。

この風船《ふうせん》はしーちゃんが、りんごの木《き》のそばから、お父《とう》さんに向《む》けて飛《と》ばしたもの。そこにいのる想《おも》いで気持《きも》ちを書《か》いたのだ。

「つまり、この文字《もじ》の意味《いみ》はどういう事《こと》なのだ?」

「これは、人間《にんげん》が書《か》いたモノでございます。僕《ぼく》は、カラスですのでこの文字《もじ》は読《よ》めません」

それを聞《き》いた宇宙《うちゅう》の神様《かみさま》は、その風船《ふうせん》に向《む》けて光線《こうせん》を送《おく》った。

すると、風船《ふうせん》の中《なか》に突然《とつぜん》、地球《ちきゅう》の空《そら》の下《した》の様子《ようす》が映《うつ》し出《だ》された。

青《あお》い空《そら》の下《した》、キレイな色《いろ》とりどりの花畑《はなばたけ》が映《うつ》った。そして、空《そら》には、その色《いろ》とりどりの花《はな》と同《おな》じ色《いろ》の橋《はし》が大《おお》きく果《は》てしなく地上《ちじょう》と空《そら》とをつないでかかっていた。そう!

それが花《はな》でできた虹《にじ》だった。

〝しーちゃん家《ち》のお花畑《はなばたけ》には、色《いろ》とりどりのお花《はな》が辺《あた》り一面《いちめん》にさいている。お花《はな》の色《いろ》は赤《あか》、青《あお》、黄色《きいろ》、オレンジ、紫色《むらさきいろ》、葉《は》っぱの緑《みどり》。その一本一本《いっぽんいっぽん》がキレイにさき乱《みだ》れている。しーちゃんは、お父《とう》さんが教《おし》えてくれたお花《はな》の色一《いろひと》つ一《ひと》つに意味《いみ》がある事《こと》をちゃんと覚《おぼ》えていた。このお花畑《はなばたけ》は、お父《とう》さんが願《ねが》いをこめて育《そだ》ててきたお花達《はなたち》が生《い》かされている。しーちゃんにもお父《とう》さんと同《おな》じ願《ねが》いがあった。その願《ねが》いをこのお花《はな》の種《たね》にこめてお父《とう》さんに送《おく》ったのだ。届《とど》いたら、きっとお父《とう》さんは種《たね》をまき、同《おな》じお花畑《はなばたけ》をこの国《くに》の空《そら》の下《した》に作《つく》る。離《はな》れていても同《おな》じ空《そら》の下《した》。二《ふた》つのお花畑《はなばたけ》のお花達《はなたち》はつながり、そして大《おお》きな虹《にじ》がかかる。お花《はな》は、しーちゃんの心《こころ》とお父《とう》さんの心《こころ》。しーちゃんは、お花《はな》という形《かたち》で心《こころ》がつながっている事《こと》を伝《つた》えたかった。そして、この町《まち》で元気《げんき》でいる事《こと》も伝《つた》えたかったのだ〟

「星《ほし》の使《つか》いよ、見《み》てみろ！　私《わたし》は今《いま》、この文字《もじ》の意味《いみ》を念力《ねんりき》を使《つか》って、ここに映《うつ》し出《だ》したのだ」

「はい。見《み》ております。地球《ちきゅう》の人間《にんげん》とは、むごい生《い》き物《もの》だと思《おも》っておりました。ですが、この映像《えいぞう》を見《み》た限《かぎ》りは、人間《にんげん》にもキレイな心《こころ》を持《も》った者《もの》がいるという事《こと》を知《し》りました」

さえないカラスも、星《ほし》の使《つか》いと同《おな》じ事《こと》を思《おも》っていた。

地球《ちきゅう》の空《そら》の下《した》では、さんざん人間達《にんげんたち》にバカにされ、ヒドイ事《こと》もされてきたさえないカラス。そうされるごとに黒《くろ》い自分《じぶん》の姿《すがた》がイヤになり、太陽《たいよう》や星《ほし》の放《はな》つキラキラ光《ひか》り輝《かがや》く黄色《きいろ》にあこがれていた。

さえないカラスはバカにされる事《こと》がくやしくて、その仕返《しかえ》しを人間《にんげん》にしてきた。でも、風船《ふうせん》に映《うつ》し出《だ》された映像《えいぞう》を見《み》て、こんなにキレイな心《こころ》を持《も》っている人間《にんげん》がいるという事《こと》を知《し》った。

その時《とき》、カラスはフッと、何処《どこ》かの空《そら》で出会《であ》った、飛行機《ひこうき》に乗《の》って、色《いろ》とりどりの押《お》し花《ばな》を首《くび》かざりとしてかけていて、自分《じぶん》に向《む》かって微笑《ほほえ》んでいたあの男性《だんせい》の事《こと》を思《おも》い出《だ》していた。その男性《だんせい》からは、人間《にんげん》の心《こころ》のキレイさがすごくにじみ出《で》ていた。そう思《おも》ったら、急《きゅう》にあの男性《だんせい》の行方《ゆくえ》が気《き》になった。

「あの人《ひと》は今《いま》、生《い》きているのだろうか……」と。

「宇宙《うちゅう》の神様《かみさま》、僕《ぼく》は今《いま》まで人間《にんげん》の事《こと》をあまり好《す》きではありませんでした。ですが今《いま》、家《か》族《ぞく》や友達《ともだち》そして自然《しぜん》と同《おな》じくらい、人間《にんげん》を助《たす》けたいと心底思《しんそこおも》っております。お願《ねが》いがあります。僕《ぼく》に神様《かみさま》の力《ちから》をあたえて下《くだ》さい。僕《ぼく》はその力《ちから》で地球《ちきゅう》を救《すく》いたいのです。どうかお願《ねが》いします」

「オマエのその気持《きも》ちは痛《いた》いくらい分《わ》かる。だが、それは難《むずか》しいことなのだ」

「それは何故《なぜ》ですか？」

「私《わたし》は動物《どうぶつ》には、パワーを送《おく》れないからだよ」

「それでは他《ほか》に何《なに》か方法《ほうほう》はございますか？」

カラスの問《と》いかけに、宇宙《うちゅう》の神様《かみさま》は何《なに》も答《こた》えられないでいた。

すると、だまってその話《はなし》を聞《き》いていた星《ほし》の使《つか》いが口《くち》を開《ひら》いた。

「その方《かた》に神様《かみさま》の力《ちから》を送《おく》れないのならば私《わたくし》に力《ちから》を送《おく》って下《くだ》さい」

「そんな事《こと》をしてオマエは自分《じぶん》がどうなるのか分《わ》かっているのか？」

「はい。分《わ》かっております。私《わたくし》はちっぽけな星《ほし》でございます。私《わたくし》のようなモノが、地球《ちきゅう》にいるたくさんの自然《しぜん》や生物《せいぶつ》を救《すく》えるのならば、私《わたくし》はそれで幸《しあわ》せでございます」

「あの…神様《かみさま》、このお星様《ほしさま》に力《ちから》をあたえると、どうなってしまうのですか？」

「力《ちから》を持《も》った星《ほし》の使《つか》いは、流《なが》れ星《ぼし》になるのだ。そして地球《ちきゅう》の空《そら》の下《した》へ落《お》ちて行《い》き、よごれた地球《ちきゅう》に光《ひかり》を送《おく》り、その光《ひかり》は自然《しぜん》や生物《せいぶつ》の命《いのち》となり、地球《ちきゅう》をよみがえらせるのだ。そして、それと引《ひ》きかえに星《ほし》の使《つか》いの姿《すがた》そのものが消《き》えてしまうのだ」

「そんな事《こと》をしてはダメです！　お星様《ほしさま》は僕《ぼく》のあこがれであり、地球生物《ちきゅうせいぶつ》のあこがれです。これからもその美《うつく》しい輝《かがや》きで地球《ちきゅう》を照《て》らして欲《ほ》しいのです。あなたには存在《そんざい》する意味《いみ》があるのです！」

さえないカラスは、星《ほし》の使《つか》いを守《まも》りたかった。

「神様《かみさま》、お星様《ほしさま》がぎせいにならない他《ほか》の方法《ほうほう》はないのですか？」

再《ふた》び、宇宙《うちゅう》の神様《かみさま》と星《ほし》の使《つか》いとさえないカラスはなやみ始《はじ》めた。

「宇宙《うちゅう》と地球《ちきゅう》をつなぐ何《なに》かがあれば……」

と、星《ほし》の使《つか》いがなげいた。

その言葉《ことば》を聞《き》き、カラスの心《こころ》に赤《あか》い風船《ふうせん》の中《なか》に映《うつ》し出《だ》されていた、青《あお》い空《そら》と色《いろ》とりどりの花畑《はなばたけ》と虹《にじ》がうかんだ。

「そうだ！　神様《かみさま》、良《よ》い事《こと》を思《おも》いつきました。虹《にじ》をかけるのです。地球《ちきゅう》の空《そら》の下《した》と宇宙《うちゅう》とを結《むす》ぶ大《おお》きな虹《にじ》を」

「地球《ちきゅう》の空《そら》の下《した》と宇宙《うちゅう》とを結《むす》ぶ大《おお》きな虹《にじ》か……。確《たし》かに虹《にじ》をかける事《こと》で地球《ちきゅう》までの道《みち》のりはできる。だが、ただ虹《にじ》をかけるだけでは意味《いみ》がないぞ。それでは地球《ちきゅう》はよみがえらないぞ。地球《ちきゅう》に色《いろ》づけできる意味《いみ》があるモノがなければ」

「それが、意味《いみ》があるモノがあるのです」

「んっ？　どこにあるというのだ？」

「神様《かみさま》は動物《どうぶつ》以外《いがい》のモノになら力《ちから》をあたえられるのですよね？」

「ああ、そうだ！　動物《どうぶつ》以外《いがい》になら力《ちから》はあたえられるぞ」

するとカラスは体《からだ》をバタつかせて、風船《ふうせん》を左右《さゆう》にゆらし始《はじ》めた。何《なに》やら風船《ふうせん》の中《なか》からザラザラと音《おと》がしていた。

「神様《かみさま》、お願《ねが》いがあります。僕《ぼく》の羽《はね》にからまっているこの赤《あか》い風船《ふうせん》の糸《いと》を外《はず》してもらってもよろしいですか？」

「ああ、いいとも！」

そして、カラスの羽《はね》から久《ひさ》しぶりに風船《ふうせん》がとれた。その風船《ふうせん》を神様《かみさま》はカラスに手渡《てわた》した。すると、カラスはその赤《あか》い風船《ふうせん》をじまんのクチバシで〝バーン〟と割《わ》ったのだ。

その光景《こうけい》を、神様《かみさま》と星《ほし》の使《つか》いはあわてた様子《ようす》で見《み》ていた。

「オマエは、何故《なぜ》その〝風船《ふうせん》〟というものを壊《こわ》してしまったのだ？」

「そうですよ。何故《なぜ》ですか？」

「この中《なか》に、虹《にじ》を作《つく》る事《こと》ができる素《もと》があるはずだからです。においでこれが花《はな》の種《たね》だという事《こと》が分《わ》かりました」

そう！　風船《ふうせん》の中《なか》には、あの時《とき》、しーちゃんが想《おも》いをこめて入《い》れた色《いろ》とりどりの花《はな》の種《たね》が入《はい》っていた。その種《たね》を取《と》り出《だ》したのだ。

「神様《かみさま》、これで色《いろ》とりどりの花《はな》をさかせれば虹《にじ》が作《つく》れると思《おも》います」

「そうか！　意味《いみ》があるモノとは、あの映像《えいぞう》の中《なか》にさいていた花《はな》の事《こと》だったのか。これに力《ちから》をあたえて欲《ほ》しかったのだな。これならできるぞ！　花《はな》というものには色《いろ》がついている。そして生命《いのち》がある。これを無数《むすう》にさかせよう。そして、地球《ちきゅう》の空《そら》の下《した》にまでかかる橋《はし》を作《つく》ろう」

「これで、宇宙《うちゅう》と地球《ちきゅう》とのつながりができましたね。これで僕《ぼく》も地球《ちきゅう》へ帰《かえ》れます」

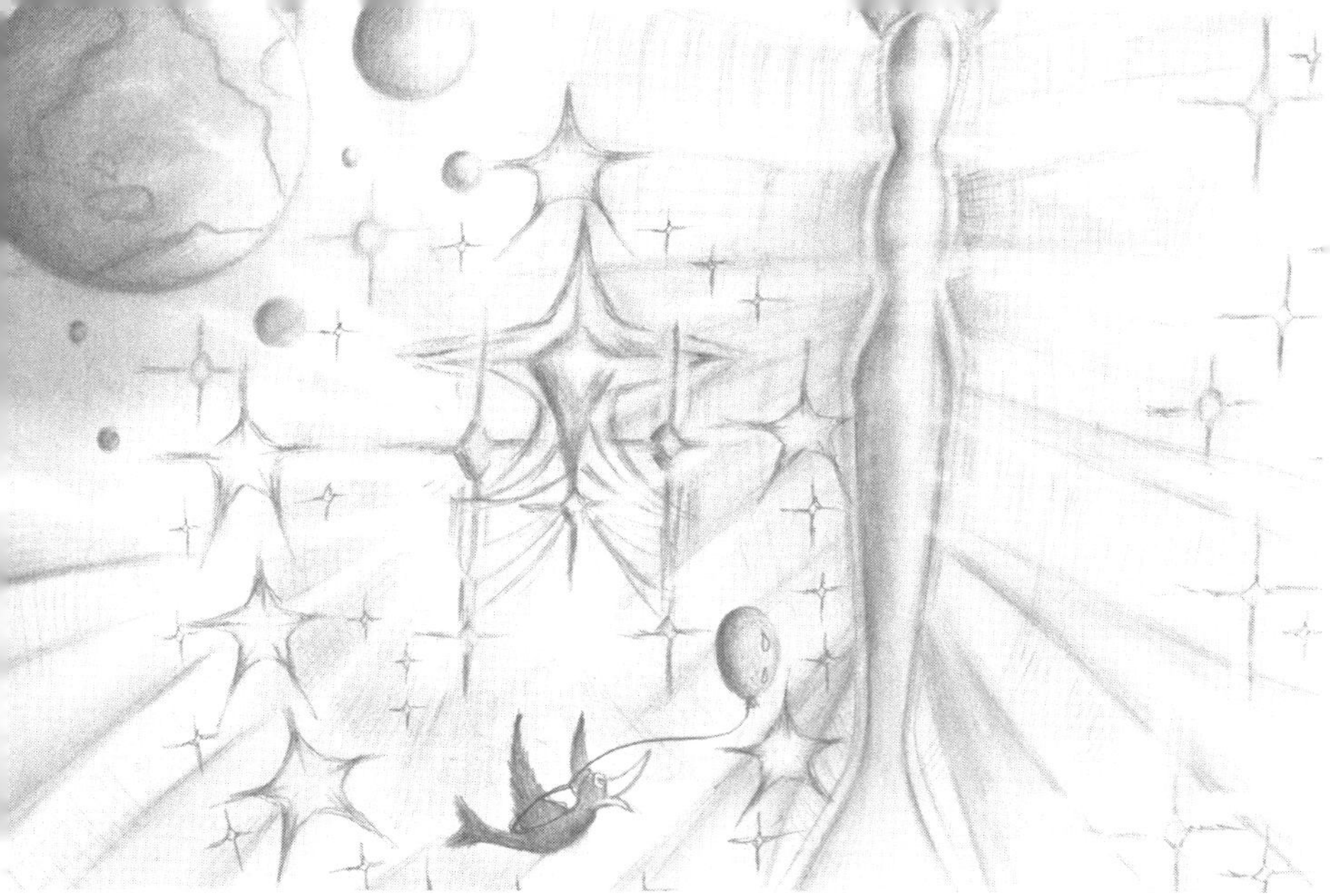

「神様《かみさま》、私《わたくし》からも一《ひと》つお願《ねが》いがあります」

「なんだ？　星《ほし》の使《つか》い」

「はい。こちらのカラスさんに私《わたくし》は助《たす》けられました。地球《ちきゅう》のために自分《じぶん》がぎせいになろうとする事《こと》は絶対《ぜったい》にダメだと、必死《ひっし》に守《まも》って下《くだ》さいました。このカラスさんは命《いのち》の恩人《おんじん》なのです！　だから私《わたくし》なりにお礼《れい》をさせて頂《いただ》きたいのです。これには神様《かみさま》の力《ちから》が必要《ひつよう》なのです」

「ああ、いいとも！」

そして、宇宙《うちゅう》の神様《かみさま》と星《ほし》の使《つか》いは何《なに》やらカラスにはないしょで、コソコソと話《はなし》をしていたのだった。

空《そら》の下《した》

「お母《かあ》さん、絵《え》の具《ぐ》を展望台《てんぼうだい》に忘《わす》れてきてしまったの。わたし取《と》ってくるから、みーちゃんと先《さき》ににげていて！」

「何《なに》を言《い》ってるのよ。絵《え》の具《ぐ》なんてまた買《か》ってあげるから、早《はや》く来《き》なさい」

空爆《くうばく》はわたしの頭上《ずじょう》にせまってきていたの。わたしはお母《かあ》さんの言《い》う事《こと》を聞《き》かずに、展望台《てんぼうだい》に絵《え》の具《ぐ》を取《と》りに一人《ひとり》もどってきてしまったの。

「あった。あった。わたしの大事《だいじ》な絵《え》の具《ぐ》。お母《かあ》さんとみーちゃんがいる所《ところ》に早《はや》く行《い》かなきゃ」

町《まち》の向《む》こうの方《ほう》はすでに空《そら》の上《うえ》から爆弾《ばくだん》がとめどなく落《お》ちていたの。

そしてついに、わたしの頭上《ずじょう》にも落《お》ちてきたの。わたしは展望台《てんぼうだい》の下《した》にかくれて身《み》をかがめていたの。

〝ドッカーン！　ドッカーン！　ドッカーン〟

町《まち》はあっという間《ま》に炎《ほのお》に包《つつ》まれてしまって、さっきまでキレイにさいていた花々《はなばな》や草《くさ》や木々《きぎ》がむざんに焼《や》けてグチャグチャになっていたの。そして、人々《ひとびと》の苦《くる》しんでうめく声《こえ》やわたしと同《おな》じ小《ちい》さな子供《こども》が泣《な》きさけぶ声《こえ》、助《たす》けを呼《よ》ぶ悲《かな》しくて痛《いた》そうな声《こえ》が、辺《あた》り一面《いちめん》にひびいていたの。

わたしは、運良《うんよ》く空爆《くうばく》から外《はず》れて危機一髪《ききいっぱつ》助《たす》かったの。

だけど、お母《かあ》さんとみーちゃんをその間《あいだ》に見失《みうしな》ってしまったの。

「お母《かあ》さーん、みーちゃーん、どこにいるの？　お願《ねが》いだからわたしを独《ひと》りぼっちにしないでよ。お母《かあ》さーん、みーちゃーん……」

何回《なんかい》も何回《なんかい》も名前《なまえ》を呼《よ》んでも返事《へんじ》はなかったわ。

どれくらい時間《じかん》がたったのかな、わたしは自分《じぶん》が独《ひと》りぼっちになっている今《いま》の状態《じょうたい》を少《すこ》しずつ受《う》け入《い》れていたの。そしたらどっと涙《なみだ》が出《で》てきたの。

「お母《かあ》さーん。みーちゃーん。お母《かあ》さーん。みーちゃーん……」

わたしは、空《そら》を飛《と》んでいる飛行機《ひこうき》をにらみつけてやったの。

そして、色《いろ》がない空《そら》を見《み》たの。

「お父《とう》さん、どうしてなの？　どうして、空《そら》の色《いろ》は青《あお》じゃないの？　お父《とう》さん、こんな空《そら》からじゃ、わたしの事見《ことみ》えないよ。こんな空《そら》の色《いろ》じゃお母《かあ》さんとみーちゃんを見《み》つけられないよ」

わたしは、戦争《せんそう》によって破壊《はかい》された町《まち》の中《なか》をよたよたと、お母《かあ》さんとみーちゃんを一人《ひとり》で捜《さが》して歩《ある》き回《まわ》ったの。

「いないよ。何処《どこ》にも。見《み》えないよ。何《なに》がなんだか分《わ》からないよ……」

目《め》に飛《と》びこんでくるのは、悲《かな》しいモノばかりだったの。キレイなモノなんて何一《なにひと》つもなかったの。

「色《いろ》がない…。この町《まち》から色《いろ》が消《き》えてしまった……」

そう！　戦争《せんそう》によって色《いろ》がうばわれてしまったの！

ここで生《い》き残《のこ》っているのは、どうやらわたしだけのようだったの。さっきまで聞《き》こえていたたくさんの人《ひと》の、うめき苦《くる》しむ声《こえ》が聞《き》こえなくなっていたの。わたしと同《おな》じ小《ちい》さな子供達《こどもたち》の泣《な》き声《ごえ》も何《なに》も聞《き》こえてこなくなったの。

「誰《だれ》かぁ、誰《だれ》か返事《へんじ》をしてよ！」

わたしは、さっき描《か》いていたこの町《まち》の絵《え》を大空《おおぞら》に向《む》かって見《み》せたの。空《そら》に向《む》かってこの町《まち》をキレイな元《もと》の町《まち》にもどして欲《ほ》しいという願《ねが》いをこめながら、わたしは一生懸命《いっしょうけんめい》に見《み》せていたの。

すると、何《なに》やら赤《あか》いモノが絵《え》を伝《つた》って、わたしの顔《かお》に落《お》ちてきたの。

「んっ⁉　赤《あか》……」

それは、空爆後《くうばくご》に、白《しろ》と黒《くろ》とねずみ色以外《いろいがい》で初《はじ》めて見《み》る赤色《あかいろ》だったの。わたしは空《そら》に向《む》かってかかげていた絵《え》をおろして見《み》てみたの。すると、一ヶ所《いっかしょ》だけぬり残《のこ》した赤《あか》いりんごの木《き》の幹《みき》に、赤《あか》いモノが落《お》ちて、木《き》を染《そ》めていたの。

「んっ？　この赤《あか》はなんだろう？」

ちょうど、赤《あか》いモノがまた落《お》ちてきたので頭上《ずじょう》を見《み》てみたの。

それは血《ち》。人間《にんげん》の血《ち》だったの。

わたしはおそろしくて、体《からだ》のふるえが止《と》まらなかったの。そしてもう一度《いちど》おそるおそる見上《みあ》げてみたの。わたしの体《からだ》はもっともっとブルブルとふるえたわ。

よく見《み》るとすぐそばに黒《くろ》こげになった大《おお》きな木《き》があって、そこに人《ひと》がいたの。それは、あのりんごの木《き》のおじさんだったの。あの大《おお》きなりんごの木《き》に上《のぼ》っていたおじさんが、空爆《くうばく》によって血《ち》だらけになり、わたしの目《め》の前《まえ》にいたの。

「おじさーん、おじさーん、りんごの木《き》のおじさーん、目《め》を覚《さ》ましてよ！　おじさん、おじさんてば…。死《し》んじゃイヤだよ！　魔法《まほう》が使《つか》えるんでしょ。魔法《まほう》で生《い》き返《かえ》ってよ！

おじさーん、おじさんてば……」

わたしが、どんなに大《おお》きな声《こえ》で呼《よ》びかけても、おじさんからの反応《はんのう》はなかったの。

「イヤだよ！　もうイヤだよ！　こんなのキレイな赤《あか》なんかじゃない。悲《かな》しい赤色《あかいろ》だよ。人《ひと》が死《し》ぬのはイヤだよ！　もう誰《だれ》も死《し》んで欲《ほ》しくないの！　お父《とう》さん、お願《ねが》い！　わたしの願《ねが》いをかなえて。わたしが風船《ふうせん》にたくした願《ねが》いをかなえて。お父《とう》さんお願《ねが》いします」

すると突然《とつぜん》、わたしの頭上《ずじょう》の空《そら》に黄色《きいろ》い強烈《きょうれつ》な光《ひかり》が現《あらわ》れたの。

「うわー、ば、ば、爆弾《ばくだん》が落《お》ちてくる……」

わたしはこわくてとっさに身《み》をかがめたわ。でも、何《なに》も起《お》きないの。そして、思《おも》い切《き》ってゆっくり顔《かお》を上《あ》げてみると、その光《ひかり》の中《なか》にはなんと、真《ま》っ黒《くろ》じゃない、キラキラと光《ひかり》を放《はな》って輝《かがや》いた黄色《きいろ》いカラスがいたの。

「あぁー、黄色《きいろ》いカラスだ！」

黄色《きいろ》いカラスは、わたしの目《め》の前《まえ》に現《あらわ》れて、そして微笑《ほほえ》んでくれたの。

「もう大丈夫《だいじょうぶ》だから」と言《い》っているかのようにね。

カラスは色《いろ》のないこの町《まち》の空《そら》の上《うえ》をゆっくり羽《は》ばたきながら、かれんに飛《と》んでいたの。

色《いろ》の無《な》い町《まち》に光《ひかり》がもどってきて明《あか》るくなったわ。

しばらくすると、青《あお》い光《ひかり》が空《そら》の上《うえ》からおりてきたの。

空《そら》にも青色《あおいろ》が広《ひろ》がり始《はじ》めたの。

そして、天《てん》から恵《めぐ》みの水《みず》が降《ふ》ってきたの。キレイですき通《とお》っている水《みず》。水《みず》は雨《あめ》となって町中《まちじゅう》の炎《ほのお》をいっしゅんにして全《すべ》て消《け》したの。よごれている湖《みずうみ》も川《かわ》も海《うみ》もすき通《とお》る水《みず》に変《か》えてくれたのよ。

次《つぎ》に、オレンジ色《いろ》の光《ひかり》も空《そら》の上《うえ》からおりてきたの。色《いろ》のない町《まち》はますます明《あか》るくなって、水《みず》によって冷《ひ》え切《き》った町《まち》にほのかな温《ぬく》もりを届《とど》けてくれたの。

今度《こんど》は緑色《みどりいろ》の光《ひかり》が空《そら》の上《うえ》からおりてきたわ。黒《くろ》こげになった草《くさ》や木々達《きぎたち》があざやかによみがえって、心地《ここち》よい風《かぜ》が町中《まちじゅう》を包《つつ》みこんだの。

そうしたら、赤《あか》い光《ひかり》が空《そら》の上《うえ》からおりてきたの。

赤《あか》い光《ひかり》は空《そら》の上《うえ》から無数《むすう》におりていて、その光《ひかり》を浴《あ》びた所々《ところどころ》から人々《ひとびと》の明《あか》るい声《こえ》が聞《き》こえてきたの。鳥《とり》の声《こえ》もカラスの声《こえ》も犬《いぬ》も猫《ねこ》も。魚《さかな》も泳《およ》ぎだしたのよ。

そう！　赤《あか》い光《ひかり》は生《い》き物《もの》の血《ち》だった。地球《ちきゅう》の生《い》き物達《ものたち》は、みんなよみがえったの。

わたしは、うれしくて笑顔《えがお》になったの。町《まち》の人全員《ひとぜんいん》、そして、ここの町《まち》だけじゃない。

この時《とき》、笑顔《えがお》になったのは、世界中《せかいじゅう》のみんなだったからね。

すると、わたしの所《ところ》に黄色《きいろ》いカラスが来《き》て、手《て》を開《ひら》くように言《い》ったの。カラスが手渡《てわた》してくれたモノ。なんとそれは、風船《ふうせん》の中《なか》に、あの時《とき》わたしが入《い》れたお花《はな》の種《たね》だったの。

わたしのお父《とう》さんがつけた星《ほし》と太陽《たいよう》の目印《めじるし》があったから分《わ》かったの。

黄色《きいろ》いカラスは、その種《たね》をまくように言《い》ったの。だから、わたしは言《い》われた通《とお》りにその場《ば》にまいたの。

なんと、みるみる紫色《むらさきいろ》のお花《はな》がさき始《はじ》めたわ。そのお花《はな》は空高《そらたか》く高《たか》くさき乱《みだ》れていったの。

わたしは、その紫色《むらさきいろ》のお花《はな》を見《み》て思《おも》わず大《おお》きな声《こえ》でさけんでしまったの。

「紫色《むらさきいろ》はね、永遠《えいえん》の幸《しあわ》せの色《いろ》なんだよ！」ってね。
この時《とき》、世界中《せかいじゅう》の人達《ひとたち》は同時《どうじ》に同《おな》じ光景《こうけい》を見《み》ていたんだよ。
そう！　地球《ちきゅう》の同《おな》じ空《そら》の上《うえ》に同《おな》じ虹《にじ》を見《み》ていたの。

青《あお》い空《そら》の上《うえ》

「宇宙《うちゅう》の神様《かみさま》、地球《ちきゅう》はあざやかな青《あお》にもどりましたね。あの時《とき》、あのカラスさんといっしょに地球《ちきゅう》を救《すく》えた事《こと》に感謝《かんしゃ》をしております」

「ああ、オマエ達《たち》のおかげで、地球《ちきゅう》はキレイな色《いろ》にもどったぞ。これがこの星《ほし》の一番《いちばん》美《うつく》しい姿《すがた》なのだ」

そして、星《ほし》の使《つか》いはいつものように、あざやかな色《いろ》の地球《ちきゅう》の空《そら》の上《うえ》から、空《そら》の下《した》を照《て》らした。

「神様《かみさま》、生物《せいぶつ》はどうやらみんな笑顔《えがお》で幸《しあわ》せそうです」

地球《ちきゅう》がよみがえってから一年後《いちねんご》……。

「今日《きょう》は一年《いちねん》に一度《いちど》、この世《よ》の全《すべ》てのモノの心《こころ》が一《ひと》つになる日《ひ》です」

宇宙《うちゅう》の神様《かみさま》と星《ほし》の使《つか》いは、空《そら》の上《うえ》から地球《ちきゅう》の空《そら》の下《した》に光《ひかり》を届《とど》けるのだ。

青《あお》い空《そら》の中《なか》

一年後《いちねんご》……。

今日《きょう》も果《は》てしなく健康《けんこう》な青《あお》い空《そら》をかれんに飛《と》ぶカラスの集団《しゅうだん》がいた。その中《なか》に、一《いっ》羽《わ》だけ色《いろ》の違《ちが》うカラスが先頭《せんとう》を飛《と》んでいた。どのカラスよりも速《はや》く飛《と》び、高《たか》く飛《と》び、そして、黄色《きいろ》く輝《かがや》いていた。

そう！　あのさえないカラスだ。黄色《きいろ》い姿《すがた》は星《ほし》の使《つか》いからのお礼《れい》。地球《ちきゅう》を救《すく》ったあの日《ひ》、宇宙《うちゅう》の神様《かみさま》は星《ほし》の使《つか》いに念力《ねんりき》を送《おく》り、それによって星《ほし》の使《つか》いは光《ひかり》となり、さえない真《ま》っ黒《くろ》なカラスの中《なか》に入《はい》って、キラキラ光《ひかり》を放《はな》つ黄色《きいろ》いカラスに変身《へんしん》したのだ。さえないカラスは、今《いま》となっては空《そら》を飛《と》ぶ鳥達《とりたち》、カラス達《たち》のあこがれの存在《そんざい》になっていた。

今日《きょう》は、記念日《きねんび》。黄色《きいろ》いカラスは、空《そら》の上《うえ》から光《ひかり》を待《ま》ち、空《そら》の下《した》から花《はな》の種《たね》を待《ま》っていた。

青《あお》い空《そら》の下《した》

一年後《いちねんご》……。

今《いま》、地球《ちきゅう》は平和《へいわ》です。赤《あか》、青《あお》、黄色《きいろ》、緑《みどり》、オレンジ、紫色《むらさきいろ》。一《ひと》つ一《ひと》つの自然《しぜん》の色《いろ》がとてもキレイなわたしの町《まち》です。

わたしは生《い》きている。お母《かあ》さんも妹《いもうと》のみーちゃんも、りんごの木《き》のおじさんもお父《とう》さんも、世界中《せかいじゅう》の人々《ひとびと》も動物《どうぶつ》も自然《しぜん》もみんな。お父《とう》さんは口《くち》ぐせのように言《い》うの。

「しーちゃんのお手紙《てがみ》、お空《そら》の上《うえ》で読《よ》んだよ、ありがとう！　また見《み》たいね、あの虹《にじ》を」

そして今日《きょう》。

「今日《きょう》は一年《いちねん》に一度《いちど》、大《おお》きな虹《にじ》がかかる記念日《きねんび》だよ。赤《あか》、青《あお》、黄色《きいろ》、オレンジ、紫色《むらさきいろ》のお花《はな》の種《たね》を風船《ふうせん》に入《い》れて飛《と》ばすの。そしたら、緑《みどり》の芽《め》が出《で》て大《おお》きな虹《にじ》がかかるの」

虹色《にじいろ》の空《そら》

空《そら》の上《うえ》から光《ひかり》が届《とど》きました。

空《そら》の下《した》から、お花《はな》の種《たね》が入《はい》った真《ま》っ赤《か》な風船《ふうせん》が無数《むすう》に飛《と》んできました。

黄色《きいろ》いカラスは、光《ひかり》を浴《あ》びて、お花《はな》の種《たね》を空《そら》の中《なか》でまきます。

空《そら》の下《した》から虹色《にじいろ》の花《はな》が無数《むすう》にさいてきました。みるみる空《そら》の上《うえ》までさき乱《みだ》れていきます。

今年《ことし》も世《よ》の中《なか》の全《すべ》てのモノが一《ひと》つにつながりました。

この日《ひ》の空《そら》は虹色《にじいろ》です。今日《きょう》は、虹《にじ》の記念日《きねんび》です！

あとがき

地球《ちきゅう》は広《ひろ》い。世界《せかい》の中《なか》で私《わたし》は点《てん》みたいな存在《そんざい》。でも心《こころ》はある。その心《こころ》の種《たね》を蒔《ま》いて芽《め》が出《で》れば私《わたし》も誰《だれ》かの役《やく》に立《た》つかもしれない。私《わたし》も誰《だれ》かの心《こころ》で救《すく》われた。世界《せかい》中《じゅう》同《おな》じ空《そら》の下《した》。誰《だれ》かの心《こころ》と繋《つな》がればきっと何《なに》かできるはず。

著者プロフィール

小西 莉子（こにし りこ）

1980年3月11日生まれ。
長野県出身。血液型A型。
好きな食べ物は、チョコ、海老、辛いモノ、麺類。
好きなことは、ドラマ鑑賞、芸術鑑賞、音楽鑑賞、執筆、アート。
影響を受けたものは、山田かまち、ヴィクトル・ユゴーの『ああ無情』。
著書『龍樹＋シーマ＝リュウナ』碧天舎（2004.10）
　碧天ワンニャン文学賞出版化奨励作。
　『おばあちゃんのごほうび』文芸社ビジュアルアート（2007.12）

あの空、あお空

2013年2月15日　初版第1刷発行
2013年8月25日　初版第2刷発行

著　者　小西 莉子
発行者　瓜谷 綱延
発行所　株式会社文芸社
〒160-0022　東京都新宿区新宿1－10－1
電話　03-5369-3060（編集）
03-5369-2299（販売）

印刷所　株式会社フクイン

ISBN978-4-286-13379-9